KB117722

내 고통은

바닷속 한방울의 공기도

되지 못했네

내 고통은

바닷속 한방울의 공기도

되지 못했네

방민호 시집

다산
책방

# 꽃

산길에

꽃이 떨어져 있다


시들었다

말랐다

꽃잎 그대로 오그라들었다


산길에

꽃이 떨어져 있다


연보라빛 꽃판이 싱그럽다

체온이 아직 남아 있다


혼자서

숲길에 앉아

떨어진 꽃

생각한다


새가 울다 그친다

또 운다

그친다


그 사이

아주 작은 소리가 있었다


한숨처럼

떨어진 꽃

돌아보지 않는다


누군가

이곳에

왔다 간다

# 노란 종이배

세월호 0509

그해 오월은 추웠다고 쓰겠지

먼먼 오월처럼 그해 오월도 추웠다고

사월부터 일찍 죽도록 추웠다고

그해에 죽음은 노란 빛이었고

사람들은 가슴에 노란 리본 꽂고

전경 버스에도 노란 배가 달렸다고

종이배가 밀물에 서울로 떠밀려 와

그해 슬픈 빛깔은 노란 빛이 되어

사람들은 노란 리본 가슴에 달고

노란 종이배를 광화문에 띄웠다고

# 쓸쓸한 방

세월호 0514

한낮에는 살아 있는 것 같았건만
혼자 있는 방으로 오면 다시 바다

소용돌이치는 급물살 타고
천천히 한쪽으로 돌아눕는 배

제발 갑판으로 올라오라고
죽음의 덫에서 벗어나라고

한 평 캄캄한 바다에 누워
너희들을 부르는 내 적막한 혼

내 이 몸을 불에 태워도
너희들은 물속에서 웃고 있겠지

깊은 물속에 가라앉고도

혼은 해맑은 미소를 짓겠지


여기는 타전 소리 울리지 않는 방

한 줄기 눈물 베갯잇에 흐른다

# 하루 종일

세월호 0525

하루 종일
노란 종이배 접기

오래 잊었던
종이배 접기 노란

허공에 뜬
종이배 내가 만든 노란

하루 종일
노란 종이배 접어

무정한 파도 위에
곱게 띄우기

# 아무 소식도

세월호 0526

아무 소식도

들고 싶지 않다


전파가 보내는 소식이라면

기계들이 만들어낸 소식이라면


이제 그만 돌아오렴

우리 같이 집에 가야지


애타게 부르는

엄마 아빠 찾아

험한 파도 위로 떠오르는 혼


혼이 부르고

혼이 대답하는

그 소식만 듣고 싶다

뱀처럼 차가운 리모컨으로

악귀 같은 얼굴은 돌려보고 싶지 않다


거미줄같이 끈적거리는

카멜레온 타액처럼 달라붙는


가짜 방송

가짜 뉴스

혼이 부르고

혼이 대답하는

그 소식만 듣고 싶다

# 진실의 길

세월호 0527

나는 즐겨

진실의 길을 보네

루머만 있는 진실의 길

유언비어만 있는 진실의 길

그런 어둠이 내게는 빛이라네

대낮은 너무 환해 어둠을 이기고

어둠은 너무 약해 어둠조차 못 지키네

어둠이 너무 적은 것을 슬퍼하네

세상이 너무 밝은 것을 슬퍼하네

나는 숨어서

진실의 길을 보네

어둠 속에 희미한

진실만을 보네

# 가만히 있으라

배가 완전히 가라앉을 때까지
가만히 있으라

너희들 목에 바닷물 차오를 때까지
가만히 있으라

비밀이 너희를 타고 세상에 퍼질지 모르니
가만히 있으라

너희가 죽어야 우리가 살리니
가만히 있으라

캄캄한 선실
바닷물 가득한 방에 울리는

가만히 있으라

죽은 후에도 가만히 있으라

가만히

있으라

# 손가락

세월호 0531

소식을 찾는

이 손가락을

너희들 손가락에 비유한다면

죄를 짓는 일이겠지

바다 없는

이 서울의 한복판에서

뛰쳐나가야 살 것 같다고 쓰면

안 되는 일이겠지

너희에게 부치는 편지에는

나는 괜찮다고 써야겠지

진짜 소식을 찾아

아무리 저 바깥세상 내다봐도

내게 돌아오는 건

유리벽에 갇힌 내 혼잣말뿐

긁어도 때려도

깨지지 않는 벽

아무 소식도 전해주지 않고

배들은 멀리 사라져간다

# 발신

세월호 0605

소리는 어디서도 들리지 않고

수중일까 천상일까 여기는

왜 나를 찾아오지 않는 걸까

나는 아직 등대처럼 깜빡이고 있는데

차가운 물속에서 숨 쉬고 있는데

다들 무슨 일에 묻혀 있기에

# 전설

세월호 0607

옛날에 여우 한 마리 살았다네

피리를 불 줄 아는 흰 여우였네

여우가 꼬리 치며 피리 불면

사람들이 구름처럼 모여들었네

세상에 아무리 슬픈 일이 생겨도

피리만 불어주면 잊어버렸네

여우는 제 힘이 큰 것을 사랑했네

사람들을 즐겁게 가지고 놀았네

하루는 그 여우가 싫증이 났네

사람들을 바다로 끌어갔네

마을을 떠나 남쪽으로 남쪽으로

자꾸만 걸어서 바닷가로 갔네

사람들도 피리 소리를 따라 갔네

피리 소리 하나면 죽어도 좋았네

여우가 피리 불며 물에 들어가니

사람들도 여우를 따라 들어갔네

여우는 물에 떠서 피리를 불고

사람들은 춤을 추며 물에 잠겼네

지금도 밤마다 먼 남쪽 바다에서

물에 든 사람들 노래가 들려오네

우린 그때 몰라도 너무 몰랐지

여우만 따라가면 좋은 줄 알았지

# 원통해

세월호 0610

이제 시간이 얼마 남지 않았는데

물속에서 조각조각 흩어지는 배

재빨리 증거를 없애버리는 힘

배를 처음으로 돌려놓아야 하는데

상어처럼 배를 물어뜯기만 하는 힘

배가 왜 가라앉았는지

나는 꼭 알아내야 하겠는데

힘은 배가 없어져야 살 수 있지

힘이 없어 억울해

힘이 힘보다 작은 것이 원통해

죽어도 죽을 수 없는 이 한

누가 생전에 풀어줄 수 있을까

죽어 살아 귀신이 되겠다

꿈에 힘을 찾아가 웃어주겠다

물어뜯겠다 갈기갈기 찢겠다

힘이 이리저리 흩어놓은 배처럼

힘의 꿈에라도 힘을 찾아가

나와 꼭 같이 뼈와 살이

따로 놀도록 해주겠다

꿈이 무서워 잠을 못 자

바싹 말라 죽어버리게 하겠다

원통해 원통해

원통하다고

# 악마에게

세월호 0624

너는 잘 웃었지

남을 고문할 때 너는 유쾌했지

하지만 요즈음은 잠이 오지 않겠지

너는 악마니까

너는 전능하지 못하니까

네 손은 더럽게 커서

비밀 새는 구멍을 틀어막지만

네 손은 더럽게 많아서

비밀 새는 구멍마다 틀어막지만

이제는 그 구멍들이

밤마다 널 괴롭히지

네 손보다

구멍이 늘 더 크지 더 많지

잘도 웃은 만큼

울어야 할 때가 오는 거지

# 배

세월호 0706

막막한 바다 위에

큰 배 하나 떠 있네

새벽 빛 받으며

병풍 섬 옆에 선 배

어디서 온 배일까

어디 가는 배일까

무엇을 기다리려

멈춰 서 있는 걸까

밤에 취한 아이들은

깊은 잠에 떨어지고

갓난 아기 엄마는
새벽잠 들었는데

깨어 있는 이들 있다
다가오는 이들 있다

무슨 일 벌이려는 걸까
무엇을 이루려는 걸까

제발 눈 뜨렴 아이들아
안 돼, 그건 안 된다니까

바다는 호수처럼 고요한데
소용돌이치는 마음의 바다

운명의 시각이 다가올수록

무섭게 끓어오르는 바다


하늘이시여

부디 저희를 굽어 살피소서


시간의 바퀴를 거꾸로 돌리시어

다만 저희를 구해주소서

어디서 온 배일까

어디 가는 배일까

깨어 있는 이들 있다

다가오는 이들 있다

# 범인이 있다

세월호 0710

동협이 엄마가 내게 말한다


왜 아이들이 죽어야만 했는지

범인은 있는데 왜 아무도 책임지지 않는지

엄마로서 저는 이 영상을 끝까지 보지 못했습니다

여러분 한 분 한 분 보시고 많이 많이 알려주십시오


동협이 엄마가 나를 울린다

# 산

세월호 0717


내가 나를 미워하니

다른 것 더 말해 무엇하리

민들레만 듣는다 부용산만 듣는다

가야 할 길아 여기서 더 길게 남았으라

술아 너는 늘 내 곁에 나와 함께 있으라

구름아 서쪽으로 더 서쪽으로 가자꾸나

더러움이 이 몸을 뒤덮었으니

서쪽은 과연 어느 쪽에 있을까

마음 깊이 새겨진 이 부끄러움

어느 때나 흔적없이 씻을 수 있을까

풍뎅이가 나뭇잎에 거꾸로 매달려 있다

거미야 발이 긴 너는 깨끗하게 사누나

옆구리로 검은 피 흘리며

산으로 산으로 들어간다

긴 그림자가 앞장을 선다

# 범인이 없는 일들

세월호 0718

세월호가 물에 잠기고

민간인 잠수사가 물속에서 죽었다 삼십 년 베테랑인 그는 생
명줄이 끊어졌다는데 혼자 물에 들어갔고 마지막 통신 내용은
공개되지 않았다

장성 요양원에서는 큰불이 났다 육 분 만에 꺼진 불에 노인
들 수십 명이 죽었다 대부분 연기에 의한 질식사였다는데 원인
은 누전으로 추정될 뿐이었다

세월호 수색을 지원하던 헬리콥터가 광주에 떨어졌다 오천
삼십오 시간을 하늘에서 살아온 비행사는 항공교관 자격까지
있었다 정비사들은 입을 모아 기체는 이상이 없었다고 말했다

이제 겨우 구십삼 일째

사월에서 이제 겨우 칠월

학생들이 안산에서 서울까지 걸어가고

유족들이 단식을 하자

네이버 댓글마다 좀비들이 춤을 춘다

팔월이면 만주에 가아 하는데

가도 괜찮을까

비행기를 타도

아무 일 없을까

# 이상한 사건

세월호 0722

이 나라 시간은 이상하게 흐르네
앞으로 가지 않네 뒤로 돌아가네
이상한 그날의 바다 물결처럼
시간도 이상한 물결이 되었네
이름 모를 시신을 만들어놓고
혼자 술을 마시고 누웠다 하네
죽어 며칠 만에 백골 되었다 하네
백골은 분명히 숨을 쉬지 않았네
어디선가 누군가 해치워버렸네
그날 그 배를 바다에 묻은 자가
그날 그이도 사과밭에 던졌네

# 나는 너를 배에 태워

세월호 0729

나는 너를 배에 태워

선실 맨 밑바닥 캄캄한 방에 가둬놓고

배 밑창에 폭약을 터뜨려

바닷물이 배 안으로

스며들게 하지


배는

꼬박 두 시간이 걸리도록

핑그르르 돌면서

물속으로 들어가지


살려달라고

울부짖어 너는 개처럼 짖어

안경도 벗고 와시바도 벗고 반듯하게 누웠다가

벌떡 일어나서 선실 벽을 긁으며

살려달라고 짖어

짖어
개만도 못한 너는 짖어
이거 다 거짓말이었다고
이건 꿈속이 아니냐고 울부짖어
짖어 짖어

절대 문은 못 열어주지
악마 같은 너의 방에 바닷물이 차올라
목까지 입까지 코까지 틀어막아
발버둥치며 허우적거리며
컹컹컹
몸속으로 짖어대다
늘어질 때까지

그리고

나는 울어


아이들을 생각하며

푸르른 바다를 생각하며

이 모든 원한과 복수를 생각하며

우리들 슬픈 삶의 항해를 생각하며

# 기적을 믿으라

세월호 0731

나 죽어 풀밭에 누우면

키가 한 뼘 더 자라나리라

손가락 뼈마디가 한 마디 더 생기고

썩은 손가락에 지문이 돋아나고

헐벗은 몸 덮은 옷이 명품으로 바뀌리라


믿으라 그대들은

내 다리 대퇴부 뼈를 잘라 유전자를 뽑으라 내 이복형제 유

전자와 맞추어보라

두 개의 유전자가 같다고 하면

그것이 바로 나의 기적일지니


놀라지 말라 그대들은

나라 바깥 어느 사막 같은 곳에서 나를 만나더라도

이는 정녕 나의 부활일지니

성령의 역사는 그렇게 이루어지나니


믿으라
나를 따르는 이들이 만드는 기적들은
그들이 나를 대신하여 나를 살림이니


내 육신이 썩어 구더기가 끓어도
백골에 다시 살이 붙으리라
나 풀밭에서 살아 일어나리라

믿으라

나를 따르는 이들이 만드는 기적들은

그들이 나를 대신하여 나를 살림이니

# 이상한 협상

세월호 0806

오늘은 더 슬프고 괴로운 날

지금 시각 밤 한 시 사십이 분

합의라니, 무엇을

누가, 누구끼리

차라리 내가 죽어버려야

내가 이루고 싶었던 모든 것 다 버리고

배에서 부른 아이의 노래처럼

백 도나 되는

이 머리를 움켜쥐고

바닷속으로

뛰어내려야

# 한강 넘어 광화문까지

세월호 0825

우리는 걷는다 광화문까지

그곳은 역사가 살아 움직이는 곳

빨간 피가 누른 땅에 스며들어 있는 곳

오늘은 영오 씨가 아무것도 먹지 않은 마흔세 번째 날

살갗이 뼈에 붙어 백골이 된 이에게

너의 진실을 굶어 죽어서 증명해 보이라고

언론들이 굵은 눈썹에 힘을 줄 때

설희, 현용이, 그리고 나

우리 깃발 들고

봉천 고개 넘어

한강 다리 넘어

같이 걸어간다

아이들이 만나게 해준

젊은 날 우리들

# 꼭꼭 숨어라

세월호 0828

얼추 다 왔다

페인트칠 했다는

삼등 기관사는 또 거짓말

그건 페인트칠이 아니었겠지

아무도 없는 곳에 혼자 남아

무슨 일을 했던 걸까

전기도 나가지 않았는데

CCTV는 왜 그렇게 꺼져야 했을까

베일에 가려진 비밀의 순간들

하지만 얼추 다 왔다

드러날 때가 다가온다

꼭꼭 숨어라 머리카락 보인다

머리를 물속에 가라앉은

후후 배 밑창에 파묻어보렴

그래도 우리들은 찾아내고 말지

아랑의 넋이 도와주고 있으니

# 외상후 스트레스

세월호 0831

여기는 일본하고도 도쿄

내가 좋아하는 체인점은 미스터도나츠

내가 좋아하는 여름 커피는 코리코히

내가 좋아하는 서점은 키노쿠니야

하지만 나는 지금 뜨거운 방 안에 틀어박혀 있다

갤럭시노트2 데이터로밍으로

세월호, CCTV, JTBC만 검색한다

진실의 길에서 목마른 소리만 찾는다

진실은 없고 쇼만 있는 나라는 어디?

일본? 북한? 아니면 설마 한국?

쇼만 있는 사람은 누구?

다름 아닌 나?

나를 찾아 날아온 번호들에는

지금 수신자가 외국에 있어 전화를 받을 수 없습니다

하지만 나는 일본에 와 있는 것 같지 않다

멀리 떠나도 떠날 수 없는 맹골수로

내 뜨거운 머릿속으로 차오르는 물

밤이 깊어도 새벽이 와도

소식들에 목이 말라

몸부림치는 혼

# 여섯 번 자고 일곱 번 깨는

세월호 0906

오른쪽 어깨가 아파서 깨면
팟빵에서 새날이 돌아간다

머리가 아파서 깨면
김어준 파파이스에서 고의침몰 편이 돌아간다

헤딩은 각도다 COG는 발자취다 배는 왜 지그재그로 흘러갔
을까? 정부는 왜 항적 데이터를 갈아끼웠을까?

지난 일들 순서 없이 떠오른다
아이들 핸드폰 기록이 삭제되고 선원들 얼굴은 모자이크로
가렸다
왜 그랬을까? 누가 그랬을까?

다섯 번짼가 여섯 번째는

베갯머리에 얼굴 묻고 눈물 흘렸다

꿈속에서 본 여자 얼굴
나를 원망하던 그 눈빛 누구 것일까?

여섯 번 자고
일곱 번 깨는 밤

어느 때나
지옥에서
벗어날 수 있을까?

여섯 번 자고

일곱 번째는 밤

# 역설

세월호 1020

회색은 세상에서 가장 투명한 빛
흰빛보다 검은빛보다 순수한 빛
세상을 바닥까지 들여다본 이들만
늘 자기 곁에 숨겨두고 아끼는 빛

가장 견고한 것은 흘러다니는 것
저 구름과 바람, 일렁이는 산안개
바닥 없는 세상 바닥 깊은 곳에
형체도 빛깔도 없이 머물러 있는 것

가장 슬픈 것이 한없이 기쁘다
우리가 이렇게 외롭게 사는 것
진리 없는 이 회색빛 세상에서
목숨이 다하도록 견고함을 찾다

# 유경근

세월호 1022

그대의 눈주름은

처음부터 그러했소?

예은이가 바다로 떠나기 전부터

슬픔을 무겁게 매달고 있었소?

긴 한숨 끝에 말을 꺼내는

당신 아니라면 우리가 어떻게 여기까지

알지 못하는 길 헤쳐올 수 있었겠소?

당신이 들려주는 말을 듣고

나도 당신처럼 상주임을 알았구려

당신이 들려주는 말을 듣고

나도 당신 따라 진도까지 갔구려

당신의 말투는 참도 느리지만

먼 길 가는 소를 닮았더이다

회색은 세상에서 가장 투명한 빛

흰빛보다 검은빛보다 순수한 빛

# 삐라

세월호 1024

내게 삐라는 꿈

파란 하늘 끝에서 빤짝빤짝 팔랑이는

삐라는 일곱 살 아이에게 꿈이었지


삐라가 내려앉은 언덕 너머로

골목길 내달려

강 흐르는 곳까지


빤짝빤짝

그 삐라가 살아났다


나 사는 곳마다

몰래 만든 삐라


오늘 내게

삐라는 꿈


남쪽에도 북쪽에도 삐라밖에 없다

동도에도 서도에도 삐라밖에 없다


존엄이 뽐내는 곳마다 삐라

사랑이 눈물겨운 곳마다 삐라


내 손으로 써서 밀어서 찍어서

내가 올라갈 수 있는 가장 높은 곳에서

폭죽을 터뜨리듯 뿌릴 수 있는


삐라가 있는 한

나는 살아 있다

# 정봉주

세월호 1025


가벼운 사람이 좋지

나도 어려서부터 웃기는 사람

친구들을 웃기려다 팔이 부러졌지

익살을 부리는 사람은

자기처럼 남을 사랑하는 사람

자기의 상처보다 남의 눈물이 먼저 보이는 사람

교활해도 쥐일 뿐인

쥐에게 물려 홍성에 간 사람이여

동지들이 양복에 배지를 달 때

가슴에 수인의 번호를 단 사람이여

날이 잔뜩 흐린 오늘 같은 날도

청운동이나 광화문이나 전국구에 가면 만날 수 있는 사람이여

나는 당신의 웃음 속에 깃들어 있는

어린 아이의 혼을 사랑하지

악을 악으로

슬픔을 슬픔으로

바로 볼 줄 아는

# 텔레그램

세월호 1026

이 외국 말에서는

아주 멀리 있는 고향 냄새가 난다


아무도 누구에게 감시받지 않고

아무도 서로 무서워하지 않는


그곳,

텔레그램에서


사랑하는 사람은

사랑하는 사람 위해


가장 사랑스러운

밀어 속삭인다

# 소용돌이

세월호 1115

사이렌의 바다로 빨려들어가듯

나는 아이들의 시간으로 계속해서 돌아간다

허우적거리며 헤어나오려 해도

나를 부르는 아이들 목소리

소용돌이 바닷속 암초에 부딪혀

터지고 부서지라

차라리 이 몸

# 새벽

세월호 1117


오늘이 며칠이지?

어둠 속에서 눈을 뜬다

법은 정했던가?

어디까지 왔던가?

캄캄한 바다 물결 소리 들린다

아무도 책임지려 하지 않았지

설마 나도 잊은 건 아니겠지?

팔을 뻗어 형광등을 켠다

희디흰 불빛 아래 외로운 잠자리

선실 속 같다

무덤 속 같다

눈을 뜨고도 내 몸은 다시 침몰한다

무게를 못 이기고 깊은 물속으로 가라앉는다

내 옆구리에 거대한

닻이 달렸다

차라리 이대로 가라앉아도 좋다

이런 세상에는 차라리 오지 말아야 했다

잘 있거라

얼어붙은 세상 차가운 사람들

나는 아이들의 나라로 간다

# 통증에 매달림

세월호 1123

이제 나는 통증 속에서만

살아갈 수 있는지 모른다

오로지 아픔만을 사랑하는 믿음 속에서만

겨우 물 위로 떠오를 수 있는지도

오늘도 광화문에 노란 배 떠 있을까

세상에 겨울비 추적추적 내리고

사람들은 외투를 찾아 입는데

가볼까 오늘밤도 광화문으로

통증 밝혀줄 노란 등불 찾아

잘 있거라

얼어붙은 세상 차가운 사람들

나는 아이들의 나라로 간다

# 배가 간다

세월호 1129

배 가는 소리 들려

눈 떠 귀 기울인다

물 흐르는 소리, 달그락거리는 소리, 바닥 끄는 소리

소리들 낱낱이 잡아낼 수 있는 시간

벌써 날이 새는 건 아니겠지

몸을 일으켜 창밖을 내다본다

멀리 저기서 깜빡이는 빛, 어디선가 울려오는 사이렌 소리

설마 무슨 일 일어난 건 아니겠지

도로 몸 눕히려는데

두 눈에 눈물 가득히 고인다

뺨을 타고 멀리 흘러내린다

어떻게 하면 저 배가

돌아올 수 있나

# 겨울밤

세월호 1204

죄없는 아이들 먼 하늘로 떠나고
겨울 오고 눈 내리고 춥디춥다

나는 신문을 보지 않는다
방송을 보지 않는다
새날만 그리워한다
단파방송 같은 팟빵만 듣는다

밤마다 머리맡에는 휴대폰 충전줄과 전기선이 한데 뒤엉켜
있다 목숨줄이다 살아야 하겠기에 이 줄들이 끊어지면 안 된다
머나먼 그리운 나라에서 들려올 아름다운 소리

꿈속에서 작업복 입은 사람들이 불을 냈다 억울한 파란 불
꽃이 천장 타고 뱀처럼 기어다녔다 긴 혀처럼 날름거리는 불꽃
앞에서 발이 떨어지지 않았다 위태로운 순간에 스쳐 지나가는

저 먼 그리운 나라 사랑하는 이의 얼굴

　꿈에서 깨어나면 나 사는 곳 봄이 영영 오지 않을 것 같은 서
울 바다 남쪽인데도 북쪽 바람 불고 돼지들이 사자처럼 으르렁
거린다 새벽인데도 새날인데도

　겨울밤인데도 몸에 땀이 찼다
　눈길을 걸어 이 서울 바다에서 가장 먼 온천으로 가고 싶다
　뜨거운 물에 외로움을 씻으러
　슬픔과 절망과 원한을 씻으러

# 유서를 읽는 밤

세월호 1219

나는 힘없는 이 편이오

이 세상에 이미 없어 아무 말 못 하는 이들 편이오

안티고네를 믿소 나라가 죽은 이를 애도치 말라 해도

나만은 죽은 자를 땅에 묻을 게오 의식을 치를 게오

살아서 나를 업신여긴 이도, 중상한 이도, 나와 반목한 이도

죽은 다음에야 무슨 불만 가질 게오

아무 것도 없소 죽은 다음에는 영혼밖에 없소

돈이 없소 힘이 없소 이름이 없소

그렇다 나는 모든 죽은 이들의 편

내가 마침내 가야 할 그 세상의 편

하루도 잊지 못한 우리 아이들처럼

모든 죽어야 할 운명을 가진 이는

죽기 전에도

죽은 다음에도

내 친구다

비록 내가 내 식구보다

아이들의 죽음을 더 아파한다 해도

당신들도 결국에는 그곳으로 간다

당신들이 떠나보낸 아이들을 만난다

당신들도 결국은

내 친구다

# 아무래도

세월호 1220

아무래도 나는

이 나라 사람이 아니어야 할까 보다

세금 내라면 내고 투표 하라면 해도

텔레비전 팔아버리고 신문 끊어버리고

눈멀고 귀먼 사람처럼 보고도 못 본 척 듣고도 못 들은 척

돈이나 모아 아이슬란드, 피지, 서사모아 같은 곳

남극, 북극, 제3극 같은 곳

티벳 중에서도 중국 아닌 곳, 류큐 중에서도 일본 아닌 곳

그도 아니면 이 나라 안에서도 이 나라 아닌 곳

남은 날이 십 년이든 내일 하루뿐이든

백이, 숙제, 마의태자, 김시습, 김삿갓, 하기락처럼,

낮에는 이슬처럼 내리는 겨울산의 비

밤에는 맑게 씻은 하늘 빛나는 별들

이 나라에 속하지 않은 것들만

보고 들으며 살아야 할까 보다

# 귀국

세월호 1222

비행기가 무사히 내려앉을까

공항에 눈이 많이 내리는데

오늘 무사히 들어갈 수 있을까

비행기는 이제 괜찮은 거겠지

은빛으로 빛나는 하늘과 바다

작지만 눈부신 생명 하나

이 몸 안에서 뛰고 있는데

기체는 추락하듯 내려앉는다

창밖에는 마른 잔디

얼어붙은 땅

나는 과연 들어갈 수 있을까

체포당하지 않고

입국을 거부당하지 않고

착륙을 자축하는 음악이 울린다

즐거우시라 성탄절 음악

차분해지시라 오케스트라 음악

비행기가 멈춰 서면

외줄기 통로를 따라가야 한다

수속을 밟고 끌려 들어가야 한다

여우와 늑대가

출몰하는 남극

# 크리스마스이브

세월호 1224

예수께서 이 가엾은 세상에 오신 밤

나는 차 안에서 구겨진 채로 잤다

# 죽음을 멀리함

세월호 1225

딸아, 아들아

더 이상은 죽음을 꿈꾸지 말자

더 이상은 어둠 신에 이끌리지 말자

너희는 살아남을 수 있었으니

먼저 떠난 친구들이 너희를 믿으니

아들아, 딸아

저주를 이기고 살아남은 아이들아

더 이상은 어둠 신을 기쁘게 하지 말자

살아남은 이들끼리 끌어안고 살자

# 13인의 사람들

세월호 1228

13인의 동지들이 모여앉았다

인사동 선천집 긴 방 안에

최인석, 이평재, 전성태, 이명랑, 한차현, 김신, 손현주, 김정은, 박사랑, 권영임, 김산아, 홍성식, 그리고 나

노경실, 심상대, 신주희는 오늘 오지 못했다

처음에는 말없이 어두운 표정들

슬픔과 의혹과 괴로움을 품고

어두운 햇살 등지고 온 사람들

외로운 밤하늘 빛나는 별들처럼

살아 있노라고 반짝이는 사람들

우리는 흐린 세상 건너까지 갔다

포장마차 노란 백열 불빛도 쏘었다

하마 새벽빛이 밝아오도록

우리는 집으로 떠나가지 않았다

우리 함께 있는 곳이 바로 집이었다

# 이 막막한 밤

세월호 1230

문득 눈 뜬 지금은 새벽 다섯 시 십오 분
소리를 죽여놓은 디스커버리에서
위험한 우주를 보여주고 있다
어디선가 초신성 폭발이 일어나면
지구는 순식간에 녹아버리고 만다
천천히, 아무렇지도 않다고 생각한다
이승이 이 밤에도 타오르고 있는데
위험한 우주가 어떻다는 소릴까
아이들이 그렇게 억울하게 죽고
부모들이 차디찬 바닥에서 자도
크리스마스 캐롤은 울려 퍼지고
나는 보일러를 오십 도까지 올린다
이 순간 지구가 촛농처럼 녹아도
나는 슬픈 말을 발설할 수 없다

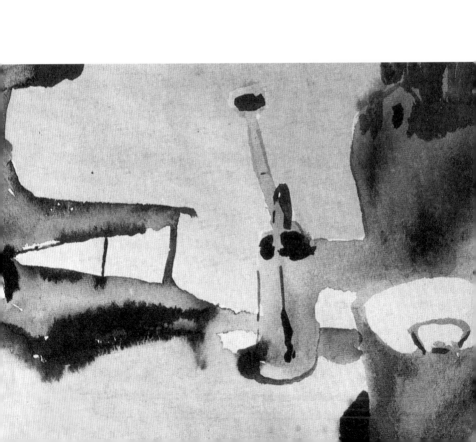

천 천 히 ,

아무렇지도 않다고 생각한다

# 광화문으로

세월호 1231

오늘은 영하 십 도
입술 추운 광화문으로 왔다

그분은 오늘 1974년 사월 십육 일 새벽 세 시 사 분
우리는 오늘 2014년 십이월 삼십 일 오후 세 시 사 분

노란 사이렌이 울리면 당신들은
우리들 노란 종이배를 우러르라

노란 사이렌이 울리면 우리들은
새날 깃발 아래 노래 부르리

죽음의 끄트머리답게 칼바람 부는 황토마루
영석이 아빠 민우 아빠가 있는 광화문에 왔다

갑오년에서 을미년으로

금지의 얇은 선을 타고 넘으려고

# 새해 아침

세월호 0101

옷을 더 이상 사지 않겠다

책도 더 이상 사지 않겠다

볼펜도 더 이상 사지 않겠다


MBC KBS SBS 뉴스는 보지 않겠다

TV조선 채널A YTN 뉴스는 보지 않겠다


술은 조금만 마시고

밥도 아주 조금만 먹고

공부도 조금만 하겠다


만나지 않을 사람은 만나지 않겠다

바라보지 못할 곳은 바라보지 않겠다


우산도 더 이상 쓰지 않겠다

눈 오면 오는 대로

비 오면 오는 대로

맞으며 젖으며 그대로 살겠다

# 부동명왕

세월호 0104

나는 부동명왕이로다

오른손에는 칼을 들고 왼손에는 동아줄을 들었노라

내 눈은 너희들을 무섭게 부릅뜨고 내 송곳니는 사자처럼 튀어나와 무엇이라도 물어뜯노라

맹렬한 화염이 내 몸을 감싸고 있음은 내가 실로 화 나 있음이라

누구라도 불에 태워 한 줌 재로 날리리라

그러나 이르노니 죄 없는 자는 두려워 말라

힘없는 자, 가난한 자, 억울하게 죽은 자, 자식을 잃고 슬퍼하는 자는 두려워 말라

내 너희를 위해 여기 왔음이라

두려움과 슬픔과 의혹에 빠진 너희를 위해 내 여기 머물고 있음이라

내 앞에서 칼을 쥔 자 그 칼을 버리라 오랏줄을 돌리는 자 그를 버리라

너희가 나를 이길 수 없음이라

너희는 한갓 망상이요, 환각이요, 신기루요, 무이노라

너희들의 교만과 탐욕과 흉계를 버리라

세상의 빛이 어둠을 쫓으리니

너희가 어찌 견딜 수 있으랴

오호라, 바야흐로 내 성난 불길이 수레바퀴처럼 구르려 하도
다

비키라 버리라 엎드리라

너희들 손에 쥔 한줌 암흑을 버리라

나는 부동명왕이로다

나는 빛과 진실의 수호자로다

# 발원

세월호 0105

오로지 진실만을 노래하게 하소서

큰 슬픔과 아픔의 사금파리 한 조각만이라도 오롯이 실어놓

게 하소서


두려움과 주저함으로 나아가지 못함이 없도록 하시되

원한과 복수에 머물게 하지 마소서


세상에서 가장 깨끗한 물 한 그릇

깊은 산 고요히 서 있는 키 큰 나무님께 바치고 비옵나니


처음 말을 배우는 아이처럼

마지막 말을 남기는 사람처럼


바다에 스러져간 아이들을 노래하는 이 나날들만은

저로 하여 거짓에서 벗어나게 하소서

오로지 진실만을 노래하게 하소서

큰 슬픔과 아픔의 사금파리 한 조각만이라도 오롯이 실어놓게 하소서

# 새날

그대들이 없었다면

슬프고 아픈 날들 어찌 견딜 수 있었을까


나무, 신비, 진미, 찌라시, 그리고 또……

정겹고 앙증맞은 그대들 별명


하루도 쉬지 않고 편집에 공을 들인 나무

사랑과 증오의 짱돌 미학론자 신비

감성과 지성이 황모란같이 피어나는 진미

모진 세파 이겨낸 거리의 사상가 찌라시


매일 밤 나는 그대들과 함께 잠들었고

꿈꾸었지 먼 나라가 지금 여기 와 있는


그리고 모든 것이 잊혀진 듯하던 날

그대들은 선언했어 세월호 이제부터 시작이라고


나도 꼭 그렇게 생각하고 있으니


어느 아침 나 또한 그대들과 함께

빛나는 새날 맞이할 수 있으리

# 꿈 속 그대로

세월호 0109

엄마 품에 안겨 하염없이 울다 눈뜬

새벽 네 시 삼십오 분


꿈에서 깨어나도

꿈 속 그대로 무섭고 슬픈 새벽


들끓는 강, 이는 물거품, 강 이쪽 바라보며,

물속에서, 살려달라고, 다투어 손 내미는, 물살에 끝내 휩쓸

리는 아이들, 그 속에, 내 사랑하는 두 동생, 어렸을 때, 크던 그

대로, 귀엽게 생긴, 승호랑, 인호가……


나는 이제 어떻게 사느냐고

동생들이 불쌍해서 어떻게 하느냐고


엄마 품에 매달려

몸부림치다 눈 뜬 새벽

벽을 더듬어
전등을 켠다

방 안이 노랗게 밝아졌다
꿈은 아직 끝나지 않았다

# 이상한 나라

세월호 0112

이곳은 내가 아는 나라가 아니다

핏줄 같은 사람들이 같은 말을 쓰는 나라

같이 슬퍼하는 어진 이들의 나라

그 동쪽 나라 어디로 갔나

사람들이 억울하게 죽어도

세상에는 아무 일도 일어나지 않는다

혁명은커녕 소요도 없다

깃발도 촛불도 없다

의혹과 두려움과 무기력함만

벌레처럼 스멀스멀 기어 다니는 나라

야당 총수는 선거에 목을 매고

교수들은 연봉에 눈을 팔고

성직자들은 계산기를 두드리고

신도들은 자신을 위해서만 빈다

정녕 이곳이 내가 아는 나라인가

가뭄에 임금이 죄인이 되는 나라

백성이 굶으면 임금도 굶는 나라

그리운 동쪽 나라 어디로 갔나

지위와 재물과 행복에 눈먼 이들

숨 쉴 때마다 죽음이 창궐하고

글에서는 썩은 생선 냄새가 난다

이곳은 내가 아는 나라가 아니다


그리고

나도 내가 아는 내가 아님을

오늘에야 겨우 알아차리다니

# 우리는 차라리

세월호 0115

우리는 차라리

자벌레가 되어야 하리

추운 겨울 차디찬 땅바닥에 배를 대고

밀며 꿈틀거리며 나아가야 하리

우리 스스로 우리를 춥게

우리 스스로 우리를 아프게

살갗이 터지고 피가 흘러도

기어이 가장 높은 굴뚝을 찾아내리

까마득한 허공 끝까지 올라

살갗을 에는 바람을 맞으리

불러도 오지 않는 산

스스로 찾아간 마호메트처럼


우리가 우리를 찬 바람에 태워

세상을 훗훗하게 덥혀야 하리

우리 스스로 우리를 춥게

우리 스스로 우리를 아프게

# 춘향가를 생각한다

세월호 0118

금준미주는 천인혈이요

옥반가효는 만성고라

촉루낙시에 민루락이요

가성고처에 원성고라


옛 노래를 오늘 다시 떠올림은

옛 일과 오늘 일이 다르지 않음이리

오늘도 백성들은 매기는 대로 바치고

고개를 수그리고 눈물짓는다

# 새 국민교육헌장

세월호 0122

우리는 모두 죽어야 할 사로 이 땅에 태어났다 살아서는 평등하게 살지 못해도 죽음 앞에서는 누구나 평등하다

성실한 사람도 게으른 사람도 튼튼한 사람도 불편한 사람도 많이 배운 사람도 못 배운 사람도 타고난 저마다의 생명의 권리를 아무도 훼손하지 말아야 한다

공익과 질서 앞세우며 함부로 총칼 들이대지 말고 능률과 실질 숭상한다고 경쟁을 부르짖지 말아야 한다

경애와 신의에 뿌리박은 상부상조의 정신을 이어받되 명랑한 표정 지어내라 말고 슬픈 일 함께 슬퍼해야 한다

한 사람 한 사람 행복이 모여 나라가 행복할 수 있음을 알고 책임과 의무를 요구하기 전에 저마다의 자유를 보장해야 한다

우리 모두

새 역사를 창조하기 전에

긍지와 신념 지닌 생명으로서

이 겨울 이겨낼 슬기를 모으자


　아, 반공도 민주도 애국도 애족도 자주도 독립도 통일도 인
류 공영도 한갓 저 회색빛 이념일 뿐

　빛나는 것은 오직 살아 있음일지니


　우리는 모두 살아가야 할 자로 이 땅에 태어났다 살아 있는
자를 죽이려 하지 말고 죽어가는 자를 살려내야 한다

# 거울

산에 올라갔다 내려와도
내 얼굴은 어둠에 물들어 있다

거울 속 이 얼굴이
벗겨낼 수 있는 허물이면 좋겠다

너는 어둠을 뒤집어쓰고
괴로운 표정을 짓는 일에
너무 오래 익숙해지지 않았느냐

지금 네가 살아 있음은
숨이 붙어 있다는 것 아니냐

한밤새 심장이 멈추지 않고
체온을 지키고 있는 것뿐 아니냐

차고

어두운 산 돌아


버려야 하는 죄 그대로 짊어지고

추한 얼굴로 돌아온 사람아

# 참회

세월호 0124

돌이켜 보면

삼백예순 날 슬퍼했건만

너희들 중 누구 하나도 아는 아이가 없다

이름조차 인터넷에 떠도는 아빠 엄마의 아이들 것만

동영상이라도 문자라도 남긴 아이들 것만 기억할 뿐

살아 있는 너희들의 고운 뺨 하나도, 생기 있는 너희들 피부

한 닢도, 너희들마다 다른 웃음소리 하나도

나는 알고 있는 게 없다

내 고통은 바닷속 한방울의 공기도 되지 못했다

삼백예순 날

나는 너희들의 죽음만 사랑한 게 아닐까

너희들의 죽음을 슬퍼하는 것으로

숨겨놓은 내 죄를 씻어온 게 아닐까

어떻게 해야

이 슬픔이 진짜 사랑이 될까

어떻게 해야

너희들처럼 환해질 수 있을까

그날 돌아오도록

아무것도 잊지 않은

우리들이

피어 있다

# 진도에 봄

세월호 0214

남쪽에는

봄이 왔다


서울은 모르는

봄이 왔다


메마른 들

가로질러 온 내게


목포, 진도, 팽목항은

슬프고도 따스한 봄

나누어 준다


갓 푸른 빛 도는 들

고랑 이랑 보드라운 논밭

말없이 맞아주는 뽀얀 하늘


길모퉁이 돌아서면

임회 보건지소

전남 카오토미션 수리소


이렇게 깊은 포구였나?

그래도 이제 얼마 남지 않았다


발에 피고름 찬 아빠

걸을 때야 속이 풀린다는 엄마

나도 벌써 아이들 아빠다


파릇파릇

벌써 봄은 이곳에 내렸는네

나는 겨울 노란 리본 따라

팽목으로 간다


바로 거기

봄꽃이 피어 있다


그날 돌아오도록

아무것도 잊지 않은


우리들이

피어 있다

# 진보에 대하여

세월호 0220

진보가

아니라

민주다 다시


민주는 진보지만

진보가 민주는 아니다 다시


이석기는

원세훈은

진보가 아니다 민주가 아니다


민주는 진보가

아니다 다시


우리가 원하는 건

민주가 진보가 아니다 다시

사랑도
명예도
이름도 남김없이

우리 다시
사람을 위하여

# 새로운 아침

세월호 0224

한 시 반에 깨어

일곱 시에 집을 나섰습니다

하늘은

겨울 황사에도 연푸르고

흰 구름 몇 점 뒤로

햇살이 비칩니다

하늘은

오늘은

높이 떠 있고

저는 발걸음 가벼이 걸어갑니다

작은 건물 외벽에

인부가 매달려 용접일을 합니다

정류장에 사람들이 줄을 섰습니다

쇼윈도 마네킹은 겉옷을 걸치지 못했습니다

역으로 내려가는 계단에는 오늘도 그분이 비질을 합니다


모든 것이 어제와 같은데

하늘이 높은 것을 생각합니다

머리가 맑은 물에 씻어놓은 것 같습니다


전차가 한강을 건너갑니다

물결이 햇살에 빛나고 있습니다

관청에서 온 통지서를 저 강에 버립니다

겨울이 머플러를 풀어 헤칩니다

우리

그대들을 기다리며

# 꽃으로 피어나라

세월호 0227

이름은

신성한 것


먼 옛날

갑오년에 스러진 이들 이름

천도교 창건사에 새겨 놓았듯이


나도 갑오년에 떠난 그대들

한 사람 한 사람 불러

영원히 이 세상에 머물게 하련다


고해인 김민지 김민희 김수경 김수진 김영경 김예은 김주아
김현정 문지성 박성빈 우소영 유미지 이수연 이연화 정가현 한
고운 (조은화)

강수정 강우영 길채원 김민지 김소정 김수정 김주희 김지윤 남수빈 남지현 박정은 박주희 박혜선 송지나 양온유 오유정 윤민지 윤솔 이혜경 전하영 정지아 조서우 한세영 허유림 (허다윤)

김담비 김도언 김빛나라 김소연 김수경 김시연 김영은 김주은 김지인 박영란 박예슬 박지우 박지윤 박채연 백지숙 신승희 유예은 유혜원 이지민 장주이 전영수 정예진 최수희 최윤민 한은지 황지현

강승묵 강신욱 강혁 권오천 김건우 김대희 김동혁 김범수 김용진 김웅기 김윤수 김정현 김호연 박수현 박정훈 빈하용 슬라바 안준혁 안형준 임경빈 임요한 장진용 정차웅 정휘범 진우혁 최성호 한정우 홍순영

김건우 김건우 김도현 김민석 김민성 김성현 김완준 김인호 김진광 김한별 문중식 박성호 박준민 박진리 박홍래 서동진 오준영 이석준 이진환 이창현 이홍승 인태범 정이삭 조성원 천인호 최남혁 최민석

구태민 권순범 김동영 김동협 김민규 김승태 김승혁 김승환 박새도 서재능 선우진 신호성 이건계 이다운 이세현 이영만 이장환 이태민 전현탁 정원석 최덕하 홍종영 황민우 (남현철) (박영인)

곽수인 국승현 김건호 김기수 김민수 김상호 김성빈 김수빈 김정민 나강민 박성복 박인배 박현섭 서현섭 성민재 손찬우 송강현 심장영 안중근 양철민 오영석 이강명 이근형 이민우 이수빈 이정인 이준우 이진형 전찬호 정동수 최현주 허재강

고우재 김대현 김동현 김선우 김영장 김재영 김제훈 김창헌 박선균 박수찬 박시찬 백승현 안주현 이승민 이승현 이재욱 이호진 임건우 임현진 장준형 전현우 제세호 조봉석 조찬민 지상준 최수빈 최정수 최진혁 홍승준

고하영 권민경 김민정 김아라 김초예 김해화 김혜선 박예지 배향매 오경미 이보미 이수진 이한솔 임세희 정다빈 정다혜 조은정 진윤희 최진아 편다인

강한솔 구보현 권지혜 김다영 김민정 김송희 김슬기 김유민 김주희 박정슬 이가영 이경민 이경주 이다혜 이단비 이소진 이은별 이해주 장수정 장혜원

유니나 전수영 김초원 이해봉 남윤철 이지혜 김응현 최혜정 박육근 (고창석) (양승진)

조충환 지혜진 조지훈 서규석 이광진 이은창 신경순 정명숙
이제창 서순자 박성미 우점달 전종현 한금희 이도남 리샹하오
김순금 김연혁 문인자 백평권 심숙자 윤춘연 이세영 인옥자 정
원재 정중훈 최순복 최창복 최승호 현윤지 (이영숙) (권재근)
(권혁규)


박지영 김기웅 정현선 양대홍 방현수 이현우 김문익 안현영
구춘미 이묘희


그대들 이름
여기 낱낱이 새기며
기원 드린다


그대들도
먼 옛날에 스러진 그이들처럼

봄마다 환한 꽃으로
피고 또 피어나라

슬픔도
원한도 없이

오로지
아름답고
탐스러운 꽃으로

봄마다
사월마다
우리에게 돌아오라

우리

그대들을 기다리며

견디리


우리

그대들을 사랑하며

살아가리

# 증언 · 애도 · 치유를 위한 노랑굿

권성훈(시인 · 문학평론가)

## 1

신과 인간 사이에서 신(영혼)의 메시지를 전달하는 영매자는 무아의 경지로 돌입하여 탈혼 과정을 거쳐서 신과 접신한다. 거기서는 인간의 논리와 추론 불가능한 불가사의한 신빙, 신탁이 행해진다. 신의 고지로서 신탁에 관여하는 영매자는 반신반의 한 기능을 수행하면서 인간의 언행을 신에게 고하고 소망을 구한다.

이때 계시되는 영매자의 신탁은 일상적 언어가 아니다. 그것은 초월적 언어로서 인간의 절실한 기대에 부응하는 신의 메시지가 탑재되어 있다. 주술사인 영매자는 탈혼, 빙의의 트랜스 상태에서 신 또는 죽은 자의 혼을 불러와 영과 합일하며 교통한다. 영매자는 인간의 우환, 병고와 같은 어려운 문제들에 대하여 신과의 중재 능력을 사회로부터 인정받은 존재다. 그는 무가를 통해 인간의 말과 신의 말씀을 매개하는 자다.

통역 불가능한 사물과 세계 간의 진실을 전달하는 시인도 마찬가지다. 침묵의 세계에 귀 기울이는 시인은 사물과 세계 사이에 벌어지는 '은폐된 진실'을 번역하는 '언어의 영매자'라고 할 수 있다.

언어의 영매자를 표방하는 시인 역시, 초월적 영력을 발휘하는 샤먼이 신병을 체험한 상태에서 '인격'을 '신격'으로 전환하는 것처럼, 고뇌와 사색으로서 '침묵의 공백'을 채워준다. 이것은 미결로 남은 과제를 추정하여 계시하는 신탁의 말씀에 가깝다고 할 수 있다. 이 과정은 특수한 상황을 경험하면서 얻어진 결과이므로 시인의 의지로 선택된 것이 아니다. 요컨대 시인은 특정한 시공간에서 신의 부름을 받고 시초에 신의 초월적인 영험함을 체험하는 신병과 같은 과정을 필연적으로 통과해야만 한다.

2

방민호 시인은 "4월 16일, 그날 이후, 하루도 편케 잠들지 못했다. 슬픔과 원한, 그리고 죄책감과 절망감에 시달린 나날들이었다. 나는 지난 한 해 동안 이 시들에 매달려 왔다. 그러지 않고는 견딜 수 없었다"(「시인의 말」)라고 말한다.

그의 이번 시집은 1년 전 '세월호 사건'에서 죄 없이 바닷속으로 가라앉은 아이들의 '슬픔과 원한'에 시달리면서 겪은 '죄책감과 절망감'에서 시작되었다. 시인은 잠들지 못하고 마치 신병을 앓듯이 시를 쓰지 않고서는 견딜 수 없는 트랜스 상태에서 '말할 수밖에 없는 것'을 '말해야 하는 숙명' 같은 체험을 거치게 된다. 그가 세월호 사건에 대한 시를 쓸 수밖에 없었던 것은 '신의 부름'과 같이 '견딜 수 없이 이끌리는' 주술적인 힘의 작용으로 보인다. 이 주술은 단순히 죽은 아이들의 넋을 달래주는 것뿐 아니라 이 사건과 관련하여 증식되고 있는 많은 의문 속에서 팽목항 연안에 침몰된 비밀이 밝혀져야만 끝날 수 있다. 그렇게 해야만 원혼들을 잠들게 할 수 있다는 자장이 이 시집의 시의식 전체를 압도한다.

깊은 슬픔 속에서 "그날 유리창을 긁으며 고통스러워해야 했던 아이들, 그렇게 아이들과 부모형제를 잃고 고통스러워하는 분들"의 한 맺힌 원혼을 호명하고 위령하는 이 행위는 죽어서 살아 있는 아이들과 살아서 죽어 있는 사람들의 증언과 애도를 동반한다. 그 결과 이 시집은 침몰된 세월호의 진실을 견인하기 위해 펼쳐지는 이른바 '주술적 언어'로서 기능하며 '영매자의 노래'로서 산출된다. 또 그래서 시인은 사건의 주변부에서 중심부로, 중심부에서 중앙부로 진입하는 데 있어 샤먼을 자처하게 된다.

그는 이 사건 중앙에서 밝혀지지 않고 비어 있는 '허구의 공백'을 불러와 '진실의 여백'으로 채우기 위하여 "혼자서/숲길에 앉아/떨어진 꽃/생각한다.(「꽃―세월호 0418」) "제발 갑판으로 올라오라고/죽음의 덫에서 벗어나라고"(「쓸쓸한 방―세월호 0514」) "혼이 부르고/혼이 대답하는/그 소식만 듣고 싶다"(「아무 소식도―세월호 0526」)

고 한다. "나는 숨어서/진실의 길을 보네/어둠 속에 희미한/진실만을 보네"(「진실의 길─세월호 0527」)라고도 하며, "살갗이 뼈에 붙어 백골이 된 이에게/너의 진실을 굶어 죽어서 증명해 보이라고"(「한강 넘어 광화문까지─세월호 0825」)도 한다. 또한 그는 "밤이 깊어도 새벽이 와도/소식들에 목이 말라/몸부림치는 혼"(「외상후 스트레스─세월호 0831」)을 달래며 빛과 어둠, 삶과 죽음, 사실과 거짓 속에서 원한 서린 진실을 증언하고자 한다.

3

그해 오월은 추웠다고 쓰겠지

먼먼 오월처럼 그해 오월도 추웠다고

사월부터 일찍 죽도록 추웠다고

그해에 죽음은 노란 빛이었고

사람들은 가슴에 노란 리본 꽂고

전경들 버스에도 노란 배가 달렸다고

종이배가 밀물에 서울로 떠밀려 와

그해 슬픈 빛깔은 노란 빛이 되어

사람들은 노란 리본 가슴에 달고

노란 종이배를 광화문에 띄웠다고

「노란 종이배─세월호 0509」

노란리본을 다는 행위는 전쟁터에 있는 병사의 무사 귀환을 바라는 뜻을 담아 가족들, 친지들이 그것을 나무에 매달면서부터 시작되었다. 세월호 사건에 노란리본이 등장하게 된 것도 개나리가 피고 생명이 움트는 봄날, 실종자의 무사귀환을 바라는 국민들의 마음에서 비롯되었다. SNS의 프로필 사진을 노란리본 이미지로 사용하는 데서 비롯된 이 캠페인은 지난 해 5월에는 전국적으로 확산되기에 이르렀다. 위의 시에서 시인은 "사월부터 일찍 죽도록 추웠다고/그해에 죽음은 노란 빛이었고"라고 쓰고 있다. 이렇듯 '세월호'는 「노란 종이배」로 다시 태어났고, "사람들은 노란리본 가슴에 달"면서부터 '노란색은 슬픔의 빛', 죽음을 애도하는 색채에 다름 아닌 것이 되었다.

그런데 이 시집을 채색하고 있는 노란색은 "여러 가지 색상 중에서 무엇보다 환한 빛을 발하는 것이다." 그리고 "일반적으로 '빛을 비추어 본다'라는 것은 지금까지 감추어져 있던 사실을 인식하도록 만드는 것을 의미한다."(스에나가 타미오, 박필임 역, 『색채심리』, 예경) 이 색채 심리 연구자에 따르면 노랑은 '감추어진 혼에 빛을 비추는 색'으로서 숨겨져 있는 진실을 보이게 하는 상징이다.

어두움을 환하게 비추는 노란색은 밀실과 같이 은밀한 방을 드러나게 하고 어둠에서 빛으로 탈출하게 한다. 또한 노란색은 빨강색, 파랑색과 마찬가지로 합성하여 생산되지 못하며 그 자체에서 표출되는 색채다. 그래서 이 색상에는 인간 감정과 더불어 사물의 내부를 낱낱이 드러내 보이게 하는 욕망이 내재되어 있다.

이 시집에서 시인은 환한 빛을 발산하는 노란색 이미지로써 세월호 사건의 진실을 인식하는 데 천착한다. 그는 "하루 종일/노란 종이배 접어//무정한 파도 위에/곱게 띄우기(「하루 종일—세월호 0525」)를 하면서, "가볼까 오늘밤도 광화문으로/통증 밝혀줄 노란 등불 찾아"(「통증에 매달림—세월호 1123」)라고 하기도 한다. 그는 또한, "포장마차 노란 백열 불빛도 쏘였다/하마 새벽빛이 밝아오도록/우리는 집으로 떠나가지 않았다"(「13인의 사람들—세월호 1228」)라고도 하며, "노란 사이렌이 울리면 당신들은/우리들 노란 종이배를 우러르라//노란 사이렌이 울리면 우리들은/새날 깃발 아래 노래 부르리"(「광화문으로—세월호 1231」)라는 시행이 보여주듯이, 광화문에서 노란종이배를 띄어놓고 힘차게 노래 부를 것을 다짐하기도 한다. 또한 시인은 "방안이 노랗게 밝아졌다/꿈은 아직 끝나지 않았다"(「꿈속 그대로—세월호 0109」), "봄은 이곳에 내렸는데/나는 겨울 노란 리본 따라/팽목으로 간다"(「진도에 봄—세월호 0214」)라고 하기도 하는데, 이처럼 그에게 노란색은 희망찬 봄의 이미지보다는 미궁에 빠진 사건의 전말을 끊임없이 비추는, 고유 단자의 빛깔로 활용된다.

시인의 의혹은 색상의 혼합을 통해서도 드러난다. 섞어서는 만들지 못하는 색채를 3원색이라고 한다. 파랑, 빨강, 노랑 3원색을 여러 가지 비율로 섞으면 모든 색상을 만들 수 있지만 반대로 다른 색상을 섞어서는 3원색이 되지 않는다. 샤먼 세계의 장식, 탱화, 소품 등을 보더라도 3원색이 중심 색채를 이루는 것은 이것들이 만물을 형성하는 근원성을 상징하기 때문일 것이다. 그렇다면 그의 시들에 등장하는 파랑, 빨강, 노랑을 혼합하면 어떠한 색채가 나올까?

세월호가 침몰한 "무정한 파도 위에/곱게 띄우기"(「하루 종일―세월호 0525」), "애타게 부르는/엄마 아빠를 찾아/험한 파도 위로 떠오르는 혼"(「아무 소식도―세월호 0526」), "바다는 호수처럼 고요한데/소용돌이치는 내 마음의 바다"(「배―세월호 0706」), "나는 울어//아이들을 생각하며/푸르른 바다를 생각하며"(「나는 너를 배에 태워―세월호 0729」) 등의 시구들에서, 파란색을 떠올리게 하는 바다는 절망, 이별, 고독 등의 상실과 탐구, 해방, 치유 등의 재생 이미지로 나타난다. 또한 "옆구리로 검은 피 흘리며"(산―세월호 0717), "멀리 떠나도 떠날 수 없는 맹골수로/내 뜨거운 머리속으로 차오르는 물"(「외상후 스트레스―세월호 0831」), "살려 달라고/울부짖어 너는 개처럼 짖어"(「나는 너를 배에 태워―세월호 0729」), "그곳은 역사가 살아 움직이는 곳/빨간 피가 누른 땅에 스며들어 있는 곳"(「한강 넘어 광화문까지―세월호 0825」) 등의 시구에 나타나는 빨강색은 피, 생명, 삶 등 억압된 죽음의식으로 나타나고, 분노, 외침, 울분 등의 충동성 이미지로 분출된다.

그런데 앞에서 살펴본 바, 빛, 진실, 애도 등을 뜻하는 노란색을 파란색, 빨강색과 함께 섞으면 검정에 가까운 회색이 된다. 이 시집에는 이 회색이 등장하기도 한다. 거기서 시인은 "회색은 세상에서 가장 투명한 빛/흰빛보다 검은 빛보다 순수한 빛/세상을 바닥까지 들여다 본 이들만/늘 자기 곁에 숨겨두고 아끼는 빛"(「역설—세월호 1020」)이라고 역설한다.

원래 회색은 흰 빛을 띤 검은색으로서, 검으면서 흰 무채색이다. 흰색과 검은색은 극과 극이지만 회색은 이 두 가지 빛을 모두 겸비한 독특한 색상이다. "너는 어둠을 뒤집어쓰고/괴로운 표정을 짓는 일에/너무 오래 익숙해지지 않았느냐"(「거울—세월호 0123」), "그런 어둠이 내게는 빛이라네/대낮은 너무 환해 어둠을 이기고/어둠은 너무 약해 어둠조차 못 지키네/어둠이 너무 적은 것을 슬퍼하네/세상이 너무 밝은 것을 슬퍼하네/나는 숨어서/진실의 길을 보네/어둠 속에 희미한/진실만을 보네"(「진실의 길—세월호 0527」) 등의 시구가 보여주듯이, 시인은 회색의 혼합을 통해 어둠을 뒤집어쓰고 허위의 표정을 짓는, 그러면서 어둠 속에 서성이고 있는 '희미한 진실의 길'을 모색한다.


4


한편, 아래에서 보여주는 시는 세월호와 함께 미궁으로 가라앉은 희미한 진실을 영매자의 언어로서 밝혀주려고 한다. 샤먼의 주술에서 주술사가 인간의 행위를 신에게 전하는 것은 '축원'이라고 하며,

146

신이 샤먼에게 강림해 인간에게 메시지를 전하는 것은 '공수'라고 한다. 이 시집에는 이 '축원'과 '공수'가 각각 나타난다.

먼저 '축원'이다. "배가 완전히 가라앉을 때까지/가만히 있으라// 너희들 목에 바닷물 차오를 때까지/가만히 있으라//비밀이 너희를 타고 세상에 퍼질지 모르니/가만히 있으라//너희가 죽어야 우리가 살리니/가만히 있으라//캄캄한 선실/바닷물 가득한 방에 울리는// 가만히 있으라/죽은 후에도 가만히 있으라"(「가만히 있으라—세월 호 0530」)라는 시구가 보여주듯, 시인은 그날의 대형 참사를 있게 한 원인의 하나인 오전 9시경 안내 방송을 화자의 음성에 담아 재현 한다.

여기서 각 연의 후렴에서 반복되는 "가만히 있으라"라는 진술을 제외하고 나면, 실체적 사실은 이 사건 '배후의 시적 증언'으로 변환 된 축원이다. 시인의 축원은 "배가 완전히 가라앉을 때까지" "너희들 목에 바닷물 차오를 때까지" "비밀이 너희를 타고 세상에 퍼질지 모 르니" "너희가 죽어야 우리가 살리니" " 캄캄한 선실 바닷물 가득한 방에" "죽은 후에도 가만히 있으라" 사고 당시 선원들이 세월호 안의 단원고 학생 등 수백 명의 승객들에게 말한 "가만히 있어라"는 죽음 의 전언을 인용하여 시인은 배후에 도사리고 있는 문제의식을 증폭 시키고 있다. 이 지점은 인간의 겉과 속, 사건의 거짓과 진실, 세월 호의 외부와 내부 등 외면에서 방출되는 변동과 혼돈 속에서 내면으 로 가닿기 위한 '시적 울림'으로 작동하여 우리를 '미지의 진실'에 내려놓는다.

"캄캄한 선실과 바닷물 가득한 방에"서 아이들이 죽어가는 동안 우리는, 혹은 그들은 무엇을 했을까? 그래서 "가만히 있으라 죽은 후에도 가만히 있으라"는, 죽음의 전언은 우리가 알지 못하는 사고의 배후를 신에게 고발하는 '축원'이 되는 것이다. 축원(祝願)은 신에게 인간의 기복을 빌고 그것이 이루어지기를 구하는 행위이지만 이 시의 축원(祝怨)은 침수된 의문을 둘러싼 경위에 대해 선원들의 안내 방송을 인유하여 신에게 고해하며 풍자하는 행위로 나타난다.

다음은 공수다. 축원이 끝난 화자는 공수로 나아간다. "힘이 없어 억울해/힘이 힘보다 작은 것이 원통해/죽어도 죽을 수 없는 이 한/누가 생전에 풀어줄 수 있을까/죽어 살아 귀신이 되겠다 (중략) 꿈이 무서워 잠을 못 자/바싹 말라 죽어버리게 하겠다/원통해 원통해/원통하다고"(「원통해—세월호 0610」)라는 시구가 보여주듯이, 시인은 아이들의 죽음을 애도하고, 억울함을 달래고, 원한을 풀어주는 공수자가 된다. 이 원한을 다스리기 위해 '샤먼의 동일자'로서 공수에 도달함으로써 시인의 '진혼굿'은 절정으로 치닫는다.


　　나는 부동명왕이로다

　　오른손에는 칼을 들고 왼손에는 동아줄을 들었노라

　　내 눈은 너희들을 무섭게 부릅뜨고 내 송곳니는 사자처럼 튀어나

　　와 무엇이라도 물어뜯노라

맹렬한 화염이 내 몸을 감싸고 있음은 내가 실로 화 나 있음이라

누구라도 불에 태워 한 줌 재로 날려버리리라

그러나 이르노니 죄 없는 자는 두려워 말라

힘없는 자, 가난한 자, 억울하게 죽은 자, 자식을 잃고 슬퍼하는
자는 두려워 말라

내 너희를 위해 여기 왔음이라

두려움과 슬픔과 의혹에 빠진 너희를 위해 내 여기 머물고 있음
이라

내 앞에서 칼을 쥔 자 그 칼을 버리라 오랏줄을 돌리는 자 그를
버리라

너희가 나를 이길 수 없음이라

너희는 한갓 망상이요, 환각이요, 신기루요, 무이노라

너희들의 교만과 탐욕과 흉계를 버리라

세상의 빛이 어둠을 쫓으리니

너희가 어찌 견딜 수 있으랴

오호라, 바야흐로 내 성난 불길이 수레바퀴처럼 구르려 하는도다

비키라 버리라 엎드리라

너희들 손에 쥔 한줌 암흑을 버리라

나는 부동명왕이로다

나는 빛과 진실의 수호자로다

「부동명왕—세월호 0104」, 전문

불교에서 부동명왕은 5대 명왕 가운데 위치하며 그중 위력이 탁월하고 공덕이 제일 큰 왕이다. '부동'이라는 한자어가 시사하듯이, 깨달음의 자리에서 움직이지 않는 부동명왕은 분노하는 모습으로 인간의 장난이나 부정 등의 악덕을 불태워버리고 중생을 옹호하는 불의 대왕, 불의 화신으로 알려져 있다.

샤먼이 제의 과정에서 보살, 대왕, 장군 등을 호출하는 이유는 신화적이고 초월적인 힘을 빌어 인간의 한계를 극복하고 신성을 부여받기 위함이다. 부동명왕을 소환한 시인의 인격은 신격으로 탈혼되어 "나는 부동명왕이로다"라고 지칭한다. 또한 그는 '오른손에는 칼' '왼손에는 동아줄' '무섭게 부릅뜬 눈' '사자같은 송곳니' '화염에 감싸인 몸' 등 부동명왕 이미지를 그대로 재현하면서 그와 완전한 동일자로서의 빙의 상태에 이른다. 실제로 진혼굿에서 신성을 획득한 무속인은 공수에 들 때 자신을 소개하고 난 후 '신에 목소리에 가까운 음성'으로 재수를 주고 처벌을 행한다. 「부동명왕」에서 보이는 이러한 현상은 분열된 세계에 대한 초월 의식이 아니라 '은폐된 진실의 구명'과 '왜곡된 사실을 돌출'시키려는 시적 의례다.

이 시에서 맹렬한 화염에 감싸여 극도로 화가 난 부동명왕은 진실에 목마른 영혼이며 구천을 떠도는 망자들의 넋이 복합적으로 형상된 은유라고 할 수 있다. 부동왕명은 "힘없는 자, 가난한 자, 억울하게 죽은 자, 자식을 잃고 슬퍼하는 자"를 위무하고, "두려움과 슬픔과 의혹에 빠진 너희를 위해" 거짓을 진실로 환원하려고 바로 여기에 임재한 것이다.

그리하여 이 시에서 부동명왕은 의혹의 당사자이자 책임자인 '칼을 쥔 자'와 '오랏줄을 돌리는 자'를 '망상' '환각' '신기루' '무'라고 폄훼하면서 이들의 "교만과 탐욕과 흉계"를 불로써 심판한다. 이 심판자는 "들었노라" "물어뜯노라" "있음이라" "날려버리리라" "두려워 말라" "왔음이라" "버리라" "하는도다" "엎드리라" 등 호령하는 듯한 종결어미를 사용한다. 그는 '빛과 진실의 수호자'로서 '근엄한 어조'와 '폭압적 빙의' 속에 '폭력적 신성'이 함의되는 시적 환기성을 나타낸다. 이같이 폭력을 폭력으로 다스리고 해소시키는 제의적 과정은 고대로부터 시작된 전통적인 정화방식으로서 폭력을 근원적으로 종식시키는 치유성을 지닌다.

5

이와 같이, 세월호 사건 1년을 추모하는 방민호 시인의 시들은 주술적 방식을 통하여 사건에 대한 시적 진입을 시도한 의미를 가진다. 그래서 영매자의 '축원'과 '공수'로서 아직도 밝혀지지 않은 진실에 대한 시적 개입이 가능해진다. 주술적 언어로서 지나간 사건에 소급적으로 개입한 그의 시들은 침묵의 바다에서 진실을 건져올리는 도구로 사용된다.

이와 관련하여, 바디우는 "개입이란 일차적으로 직접적 법칙성으로부터 분리를 선언한다고 한다. 개입이 지시하는 대상은 다름 아닌 공백이다. 형체도 소리도 모양도 없는 것이다. 이런 공백은 사건적 장소의 경계선상, 즉 공백의 가장자리에 있다. 그래서 이런 공백을 선택한다는 것은 불규칙적이며 불법적이다. 그래서 법칙으로부터 분리한다고 한다. 이를 '재출현 없는 재출현, 대표자 없는 대표자'라 한다."(김상일, 『알랭 바디우와 철학의 새로운 시작』, 새물결) 시인은 직접적으로 환원할 수 없는 세월호 사건을 불법적이라고 규정하고, 우리가 알고 있는 사실로부터 분리시켜 수면 깊이 가라앉은, 형체도, 소리도, 모양도, 알 수 없는 '진실의 공백'에 초점을 맞춘다. 공백의 자리는 불규칙적이며 불법적인 허구적 사실을 지시한다. 그것은 '재출현'과 '대표자가 없는', 이를테면 재현 불가능한 대형 참사의 진정한 대표자라고 할 수 있는 책임자가, 포연 가득한 곳에서 그 모습을 보여주지 않고 있음을 묵시적으로 암유한다. 시인은 이 한권의 시집으로서 감춰진 배후에 대한 엄중한 경고와 진실에의 철저한 구명을 행사하고 있다.

방민호 시인은, 진실을 영매하기 위해, 시적으로 샤먼을 자처하고, 의혹과 진상을 증언하며, 망자와 유가족을 애도하며, 치유되기를 간절히 바라는 마음으로 지난 1년여간 장정의 연작시를 창작해왔다. '증언, 애도, 그리고 치유'를 간단없이 지향하는 그의 시들을 이른바 "노랑굿"이라고 명명할 수 있을 것이다.

이 시집의 마지막 시에서 그는 차가운 바닷속에서 억울하게 죽어간 300여 명의 "그대들 이름/여기 낱낱이 새기며/기원 드린다"고 하면서, "봄마다/4월마다/우리에게 돌아오라//우리/그대들을 기다리며/견디리//우리/그대들을 사랑하며/살아가리"(「꽃으로 피어나라—세월호 0227」)라고 노래하고 있다. 우리 모두 4월의 노란 하늘 밑에서 한 사람, 한 사람, 꽃으로 피어나는 눈부신 영혼들을 위하여 그들이 살지 못한 세계를 사랑하며 살아가련다.

이 시집은 내가 보고 듣고 느낀 것을 그대로 쓴 것이다.

4월 16일, 그날 이후,
하루도 편케 잠들지 못했다.
슬픔과 원한, 죄책감과 절망감에 시달린 나날들이었다.

어떤 이들은 그날 이후 단 한 줄도 쓸 수 없었다고 한다. 하지만 나는 지난 한 해 동안 이 시들에 매달려 왔다. 그러지 않고는 견딜 수 없었다.

처음에는 어린 나이에 세상을 덧없이 하직해야 했던 가엾은 꽃송이들을 안타까워하는 마음뿐이었다. 아이들을 구하지 못한 이 나라 못난 어른들의 한 사람으로 아이들의 넋을 달래주고 싶었다.

그런데, 아니었다. 그날의 참극에는 도저히 납득할 수 없는 일들이 감추어져 있었다. 너무 많은 일들이, 너무 깊은 비밀이 숨겨져 있었다. 그렇게 생각하지 않고는 그날의 일들을 설명할 수 없었다.

세상의 모든 일은 사랑과 용서가 마지막의 일이다. 나는 그것을 믿는다. 그러나 진실이 밝혀지지 않는 한 참된 화해는 어려울 것이다.

그날 유리창을 닦으며 고통스러워했던 아이들, 그렇게 아이들과 부모형제를 잃고 고통스러워하는 분들, 나처럼 깊은 슬픔 속에서 진실이 밝혀져야 한다고 믿는 분들께 이 작은 정성을 바친다.

진실을 침몰시킬 수는 없다. 지금 나는 이 말을 믿고 싶다.


2015년 2월 27일

광화문에서

# 그림 목록

**초판 1쇄 인쇄** 2015년 4월 3일
**초판 1쇄 발행** 2015년 4월 9일

**지은이** 방민호
**펴낸이** 김선식

**경영총괄** 김은영
**마케팅총괄** 최창규
**책임편집** 백상웅  **마케팅** 이상혁
**콘텐츠개발2팀장** 김현정  **콘텐츠개발2팀** 백상웅, 문성미, 이은
**마케팅본부** 이주화, 이상혁, 최혜령, 박현미, 반여진, 이소연
**경영관리팀** 송현주, 권송이, 윤이경, 임해랑

**펴낸곳** 다산북스 **출판등록** 2005년 12월 23일 제313-2005-00277호
**주소** 경기도 파주시 회동길 37-14 3, 4층
**전화** 02-702-1724(기획편집) 02-6217-1726(마케팅) 02-704-1724(경영관리)
**팩스** 02-703-2219 **이메일** dasanbooks@dasanbooks.com
**홈페이지** www.dasanbooks.com **블로그** blog.naver.com/dasan_books
**종이** 월드페이퍼(주) **출력·인쇄** 현문 **후가공** 이지앤비 특허 제10-1081185호

ISBN   979-11-306-0501-2 (03810)

다산북스(DASANBOOKS)는 독자 여러분의 책에 관한 아이디어와 원고 투고를 기쁜 마음으로 기다리고 있습니다.
책 출간을 원하는 아이디어가 있으신 분은 이메일 dasanbooks@dasanbooks.com 또는 다산북스 홈페이지 '투고원고'란으로
간단한 개요와 취지, 연락처 등을 보내주세요. 머뭇거리지 말고 문을 두드리세요.